KB143118

사질토 분청 찻잔

오영환

1999년 현대시조 신인상
대구시조 문학상
현대시조 좋은작품상,
현대시조 문학상 수상
(사)푸른차문화연구원장

사질토 분청 찻잔

지은이 | 오영환
그린이 | 오영환

발행 | 2019년 10월 5일

펴낸이 | 신중현
펴낸곳 | 도서출판 학이사
출판등록 | 제25100-2005-28호

대구광역시 달서구 문화회관11안길 22-1(장동)
전화_(053) 554-3431, 3432 팩시밀리_(053) 554-3433
홈페이지_http://www.학이사.kr
이메일_hes3431@naver.com

ISBN_979-11-5854-198-9 03810

이 도서의 국립중앙도서관 출판예정도서목록(CIP)은 e-CIP 홈페이지(http://seoji.nl.go.kr)와 (http://www.nl.go.kr/kolisnet)에서 이용하실 수 있습니다.(CIP제어번호: CIP2019039102)

오영환 시집

사질토 분청 찻잔

學而思 | 학이사

서시

茶

누구는

시 쓰기를

가슴으로 한다지만

내 시는 물을 끓여 식히고 우려내어

차 한 잔 목구멍으로 삼키 듯이 푸는 거다

차례

서시 _ 4

〈해설〉 선禪으로 가는 느린 걸음 문무학 _ 112

1. 무심차

차·1 _ 12 / 차·2 _ 15 / 백차 _ 17 / 춘설차 _ 18 / 여름차 _ 21 / 명선차茗禪茶·1 _ 22 / 뚜러茶 _ 24 / 진여금차眞如金茶 _ 26 / 산차散茶 _ 27 / 무심차 _ 29 / 끽다거喫茶去 _ 30 / 선 _ 32 / 선차禪茶 _ 34 / 차선茶禪 _ 35 / 차 명상茶冥想 _ 37 / 반 잔의 차 _ 39

2. 차 만나러 가는 길

차 만나러 가는 길 _ 43 / 아침, 차 밭에서 _ 44 / 어머니는 찻그릇이다 _ 47 / 찻잔 _ 48 / 찻사발 _ 49 / 깨진 찻잔 _ 51 / 차를 따르며 _ 53 / 연꽃 차를 따르며 _ 54 / 차를 비비며 _ 56 / 차를 만들며 _ 57 / 단오 쑥 _ 58 / 이슬비 _ 59 / 물방울 _ 60 / 다락방茶樂房 _ 61 / 소리 점 _ 62

3. 비움에 대하여

지움 _ 67 / 비움에 대하여 _ 68 / 비움에 대하여·둘 _ 69 / 비움에 대하여·셋 _ 71 / 하심창下心窓 _ 72 / 쉼표, _ 74 / 묵언 명상 _ 75 / 먼 길 _ 76 / 은행 알 _ 77 / 코스모스 _ 78 / 씨앗, 하나가 _ 79 / 돌아오는 길 _ 81 / 폭죽 꽃 _ 82 / 돌계단 _ 83 / 발걸음 _ 85 / 보리순을 밟으며 _ 86 / 봄 _ 87 / 목구멍 _ 88 / 백두산 구절초 _ 89

4. 행주를 삶으며

단소 _ 92 / 쑥뜸 _ 93 / 찌르레기 이사 오다 _ 94 / 마애불 앞에서 _ 95 / 돌부처 _ 97 / 검정고무신 _ 98 / 풀의 뼈 _ 99 / 빨래 _ 100 / 빨래터 _ 101 / 행주를 삶으며 _ 102 / 행주치마 _ 103 / 배내옷을 지으며 _ 104 / 탯줄 _ 105 / 비단실 _ 106 / 소금 향기 _ 107 / 찬밥 _ 108 / 아침밥을 지으며 _ 109 / 날숨 生 _ 110 / 천산설연天山雪蓮 _ 111

1
무심차

차·1 / 차·2 / 백차 / 춘설차 / 여름차 / 명선차茗禪茶·1 / 뚜러茶 / 진여금차眞如金茶 / 산차散茶 / 무심차 / 끽다거喫茶去 / 선 / 선차禪茶 / 차선茶禪 / 차 명상茶冥想 / 반 잔의 차

차 · 1

엄지만 한
찻잔에 한가로운 마음 줄기
온 숨이
멈춰 서서 어린 살결 설레는
젖빛 향
운무 서리어 적막에 들고 있다

차·2

찻사발 꺼내들고
차 맛이 하 그리워
차 숲에 새 이파리
차 향을 품어 안고
차 밭 둑 봄 햇살들이
차 비비며 몸을 푼다

백차白茶

하얀빛 찻물 앞에

어리석은 모습으로

꾸밈없이 걸친 옷

어디라도 걸터앉아

그 누구 마음이라도

잔잔하게 풀어놓다

춘설차

어린 새

눈 속에서 혀 깨무는 봄이다

향주머니

토닥대는 부리 끝 빛살들이

저마다

창 들고 서서 시린 몸을 녹인다

여름차

무더위 속 화병이 각 얼음을 깨물어
열 식히는 땀방울 모퉁이 돌고 돌아
뜨거운 열탕 속으로 다시 한 번 달린다

명선차茗禪茶 · 1

어린 잎차

따는 손

한 잎 한 잎 我를 찾아

四門을 지나쳐서

푸른빛에 다다르니

맑은 향

선정에 들어

빈 사발 무심하다

뚜러茶

네

살을

꼭꼭 씹어

쓴물을 빨아내고

입안에 고인 茶가 실핏줄 강을 타고

맑은 향

이 몸에 닿아 막힘을 풀고 있다

진여금차眞如金茶

몸 마음

허물 벗는 황금빛 혼의 세상

어린잎

꼭 깨물어 점점이 물 흐르는

찻잔 속

가슴을 뚫는 無常너머 眞如다

산차散茶

제각각 몸을 꼬고
꼴사납게 웃고 있다
부러진 발톱 아래
끓는 물 높게 흘러
창자 속 묵은 때까지
고요함에 잠이 든다

무심차

등 돌아 누워있는
남편을 바라보다

어깨뼈 뭉친 언어
또박또박 쓰는 편지

무심히
지나치다가
우려내는 짠맛이다

끽다거喫茶去

차나 한 잔 드시게

그냥 들면 되나요

꽉 찬 의문 차 마시茶

제풀에 풀리듯이

가게나

차 맛 속으로

저 안에 나我 있는가

선

가랑비 흩뿌리듯 꽃비에 방울지는

한순간 너와 내가 다르지 않다는 것

빗방울

구슬 꿰면서

파고를 넘나들다

선차禪茶

허공 터 이랑에서
씨앗 하나 밟는 순간

그 고요
어르듯이
골 깊게 뿌리내려

입 마름
차 한 잔으로
한 생각 잠을 깬다

차선茶禪

흠향하듯
목 축이는 떫은 맛 저쯤 서서

물소리
담긴 찻물 말없이 비우는 밤

푸른 솔
마음 한 자락 사립門 소리 닫다

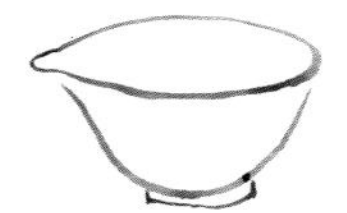

차 명상茶冥想

새벽 운무 서린 바람 봄볕이 녹아 젖는
벽옥 빛 곁눈 가지 소리 없이 내리치며
번갯불 스쳐가듯이 찻잎이 눈을 뜬다

반 잔의 차

왜
하필 반 잔인가
애매하기 그지없다

망설이고 망설이다
눈 감고 잔을 들어

찻물을
비우고 나서
반 잔을 다시 읽다

2

차 만나러 가는 길

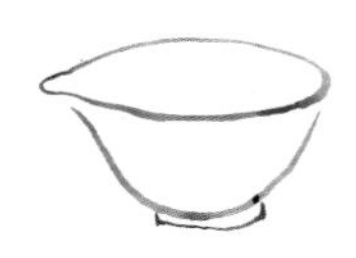

차 만나러 가는 길 / 아침, 차 밭에서 / 어머니는 찻그릇이다 / 찻잔 / 찻사발 / 깨진 찻잔 / 차를 따르며 / 연꽃 차를 따르며 / 차를 비비며 / 차를 만들며 / 단오 쑥 / 이슬비 / 물방울 / 다락방茶樂房 / 소리 점

차 만나러 가는 길

눈치 없는 마음이 한곳만을 향한 채
뒤에서 부르는 소리 반걸음씩 지웁니다
한순간 여기 머물러 지금, 도착 알립니다

아침, 차 밭에서

이슬비 이랑 길을 맨발로 걸어 나와
연둣 빛 어린순이 봄 자락을 여는 아침,
향불을 풀어 가면서 치맛자락 펄럭펄럭

점찍어 기다린 날 맑은 물이 달군 솥에
향 안개 뿜어내는 신령한 기운들이
향물을 씻고 또 씻어 마음 한 점 밝혀 걸고

그 아침, 차 밭에서 봉차를 높이 들고
누군가 기다리는 뼛속 깊은 차 향이
오늘도 맨발로 서서 진액으로 흐른다

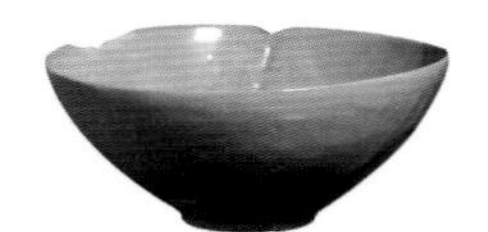

어머니는 찻그릇이다

어머니는 눈물이다 어 · 머 · 니 부르기도 전
목구멍 가로막는 불덩이가 솟는다
피멍 든 새가슴 깊이 가두어 둔 봇물이다
어머니는 바닷속 출렁이는 탯줄이다
발 모은 합장 앞에 눈 감은 사랑이다
한말씀 따르지 못한 세상 너머 경전이다
어머니는 향기 밴 질그릇 찻잔이다
한 방울 남김없이 다 부어 준 빈 잔에
젖가슴 국수 밀듯이 사발젖 짜고 있다

찻잔

반 쯤 부은 찻잔에
삼십 년이 흘러든다
무엇이 궁금하여
차 따르며 기다리나
애달파
이 빠진 다관
동그마니 비었는데

찻사발

- 덤벙 분청 사발

너는 나를 닮았구나
네 몸을 불사르고
네 몸속 어딘가
내 숨결 들어 앉아

그 눈빛
어둠에 실어
하얀 물꽃 물고 있다

깨진 찻잔

사금파리 흙더미 우연히 마주친 눈
두 손으로 감싸 쥔 사질토 분청 찻잔
슬며시 안고 온 것이 마음을 뺏어간다
수시로 눈길 닿아 손 잠깐 멈추는 숨
구름옷 가랑비에 품어내는 차 맛이
귀얄 붓 첨벙거리듯 서성대며 앓는다

차를 따르며

한 생각 묶어 놓은
향 뭉치 한 올 한 올
네 손안에 실이 되어
비단으로 짜이고픈
그 속내
찻잔 속으로
하나둘 밀어낸다

물살이 투명하게
풀어 놓은 깊은 고요
그대 앞에 차로 떠서
하얗게 식었어도
불꽃 속
쇠솥 밑으로
저 혼자 차가 된다

연꽃 차를 따르며

연지 찍은 그 얼굴로
살며시 삽짝 여는
자미화 가지마다
연꽃 향 품어 안고
여름 해 종종거리며
차 한 잔을 권한다

마음속 깊은 고요
맑은 물에 체로 걸러
한 방울씩 담아내는
목이 쉰 길목에서
배롱 꽃 마른 향기가
연꽃 차를 마신다

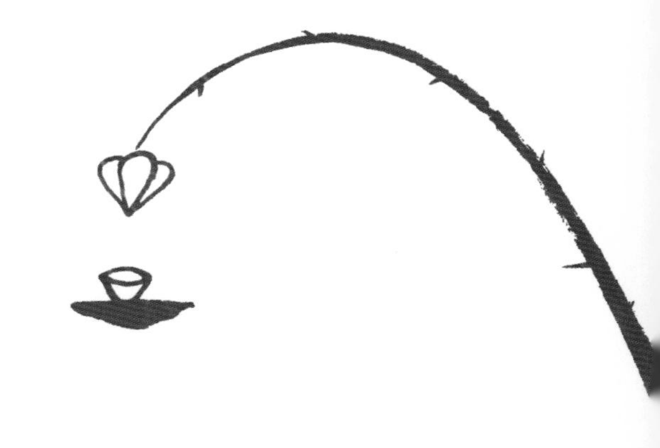

차를 비비며

세포벽을 허물어 온갖 상념 돌돌말아
마음 문 활짝 열어 원만하게 비비는 향
온 마디 부러진 살 틈 또 다른 如如를 보다

차를 만들며

어린순을 따면서 마음으로 묻는다
뜨거운 불과 물을 견딜 수 있겠는가
한순간
향기를 품고
일탈하는
생이다

단오 쑥

한 잎 한 잎 뜯긴 살

짜게 우린 한 잔의 쑥

체액이 녹아드는 세포 속 한 선까지

붉은 해 타고 들어가 아린 뼈 토닥인다

이슬비

찻잎 위로
걷는 비
차 향기를 듣는다

속살을
두드리는
메마른 언어들이

젖가슴
옷섶을 풀어
부어 놓은
반 잔의
茶

물방울

꽃잎에 이슬방울
형형색색 영롱한 빛

숨소리 낮추면서
찻물에
뛰어들어

흰 물살
살결 속으로
바다를 낳고 있다

다락방茶樂房

앉은뱅이 창으로 열고 닫던 새 울음

빼곡하게 묵힌 차향 서랍마다 채우고

한 움큼 구겨 잡던 꿈, 탕관 속에 끓고 있다

소리 점

긴 숨결 목청으로 벗겨내는 살 비늘
된소리 후려내는 창자벽 울림통이
허공을 꺾어 지르듯 소리 점 蘭을 친다

배꼽 끈 줄을 당겨 겹겹이 찢긴 음률
마음속 굽이굽이 이어가는 가락마당
뼈마디 훑어내는 혼 훙건하게 젖는 가곡

3

비움에 대하여

지움 / 비움에 대하여 / 비움에 대하여·둘 / 비움에 대하여·셋 / 하심창下心窓 / 쉼표, / 묵언 명상 / 먼 길 / 은행 알 / 코스모스 / 씨앗, 하나가 / 돌아오는 길 / 폭죽 꽃 / 돌계단 / 발걸음 / 보리 순을 밟으며 / 봄 / 목구멍 / 백두산 구절초

지움

용서라는 걸음으로
한 자 한 자 지웁니다

나뭇잎 갉아먹는
산 아래 햇살 비늘

상처 속 음각 사이로
붉은빛 녹이 습니다

비움에 대하여

못 버린 습 하나가
이 몸에 쟁기 걸고
빗발이 내리치는
자갈밭을 갈고 있다
그렇게
버려진다면
백 년이 두려울까

비움에 대하여·둘

내 안에
성깔 하나 오독하니 앞에 나가

눈웃음
가득 실어 단맛을 낚아챘다

그것이
독이라는 것 미처 알지 못하고

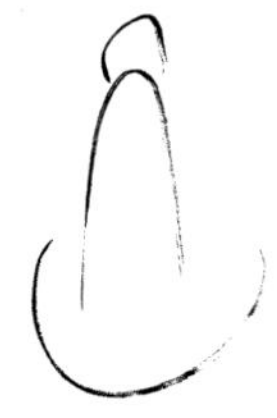

비움에 대하여·셋

빈 들을
돌고 있다
그것이 길이라고

빈 바구니
열고 있다
씨 뿌릴 것 없나 하고

빈 마음
가득 채우듯
헛삽질 거푸 뜬다

하심창下心窓

온갖 자리
내려놓고
바라보는 창 아래

키 낮은 들꽃 무리
말없이 나를 본다

가을 든
고운 이파리
제 발등을 덮는 오후

쉼표,

텅 빈 공간
무료하듯
걸터앉은 쉼이다

졸음 든 긴 여운이
일렁이는 순간에

스스로
껍질 튕기는
들숨 틈, 날숨이다

묵언 명상

귓전에 매달리는
꽃내음을 듣는 청

항아리에 밸은 언어
차갑게 표출되는

공간 속
고요함들이
침묵으로 삭는다

먼 길

언제쯤 물에 닿을지 대답 없는 모래사막
뜨거운 밀수제비 땀 흘리며 먹는 햇살
사발에 금이 가도록 못 버리고 걷는 꿈

은행 알

노란 편지 한 통이 땅 위에 나뒹군다
한
알
두
알
그 위에서 찢겨나간 통증들이
'발아래 짓밟혀 있는 가을을 안아주세요'

코스모스

딱,

한 송이 피어 있는 키 낮은 코스모스

하늘

향해 빳빳이 고개 들고 직시하는

연분홍

가을바람이 입 맞추는 설렘이다

씨앗, 하나가

무심히 지나치다

한

순간

찰나 속에

날아든 촉수들이

넝쿨손 뻗고 있다

그 인연 줄을 타고서 씨앗을 품어 안다

돌아오는 길

어딘가 향해 걷는 일 멀고도 아득하다
그 무엇 찾았을까 쪽지게 속 적막함이
누군가 헤매고 있을 그 길을 뒤따르듯
모르고 찾는 길은 숨 막히는 기쁨이다
어떻게 만날지는 아무도 모르는 일
한생을 돌아보는 것 한순간의 번갯불
안개 핀 바다에서 보고도 알 수 없는
멀고 먼 점 하나를 붓으로 이어 본다
작은 점 점점이 걸어와 이 몸에 준 자유다

폭죽 꽃

꽃가지 고개 숙인
묵언 명상
시간이다

긴긴 해 땅 바라기
거꾸로
맺힌 경구

죽비 채
폭죽을 쏘아
禪門을 열고 선다

돌계단

내리막 계단에서 헛디딘 일상들이
폭포 길 흘러들어 골짝 깊이 구르다가
수묵화 먹물 앞에서 쉼표 찍고 머문다

발걸음

준비 없이 나서는 길
수많은 모눈 간격

무릎 걸린 나뭇가지
삭아 굽는 해 질 녘

발자국 찍힐 때마다
긴 흔적 지워놓다

보리 순을 밟으며

서릿발 벌판에서 내 가슴을 밟는다
겨우내 언 손으로 순간을 돌고 돌아
속 대궁 피리를 불어 뼈마디를 잇는 봄

봄

톡
톡
톡
낱말들이 자판 위로 걸어 나와
튼 입술 콕콕대며 어린 손 등 떠밀어
언 강 돌 깨트려가며 불끈 쥐는 봄이다

목구멍

목표는 네가 아닌데 가끔 너는 표적이 되고
찢어질 듯 실핏줄이 멈춰서는 순간에도
호흡이 낚아채 놓는 언어들이 쏘는 총

글 밖에서 다듬이질 하는 또 다른 너를 향해
그 많은 좁쌀알들이 두렵지 않은 것은
까칠한 글맛 속에서 등짐 지는 징소리

소리는 목구멍을 멀리 서서 읽는다
다가가면 다가설수록 뿌리치는 文香들
그곳에 도리질 치는 아픔도 자유이다

마음은 너를 벗어나 속 눈빛에 떨다가도
새가슴 뻗치고서 울음 우는 벙어리
찻물 밴 목 줄기 감아 타래 푸는 詩語들

백두산 구절초

귓속말로 속삭이는 입김이 따뜻하다
더 낮게 숙이라고 높을수록 낮추라고
꽃 웃음 살랑거리며 키 큰 나를 꺾어든다

무릎으로 앉으니 온 세상이 포근하다
바람은 낮춘 마음 뿌리 뽑지 못하고
몸 낮춘 우리 꽃들이 백두산을 흔든다

4

행주를 삶으며

단소 / 쑥뜸 / 찌르레기 이사 오다 / 마애불 앞에서 / 돌부처 / 검정 고무신 / 풀의 뼈 / 빨래 / 빨래터 / 행주를 삶으며 / 행주치마 / 배내옷을 지으며 / 탯줄 / 비단실 / 소금 향기 / 찬밥 / 아침밥을 지으며 / 날숨 生 / 천산설연天山雪蓮

단소

숨 하나 쉬기 위해
살점을 발라내어

오죽 통 칸을 헐어 가두고 가두어도

그 음률 품을 수 없어 뒤꿈치로 울어 보네

쑥뜸

실기둥 세워놓고

살

연기를 날린다

솜털 구멍 틈새로

통증들 걸터앉아

불씨 향

손을 맞잡고 달음 치는 생살이다

찌르레기 이사 오다

아파트 벽 속으로 이사 온 찌르레기
귀 벽에 짐을 풀고 칭얼대는 콧노래
불면증
목침을 베면
매미까지 합세한다

마애불 앞에서

수천 년 기다리는 자애로운 저 눈빛
세상사 한 땀 한 땀 침묵으로 읽는다
밤이슬 별빛에 새긴 직지 하는 경전이다

돌부처

한 점 한 점 정으로 쪼아 빚은 아픔이다
으스러진 뼛조각 다시 모아 일세우고
살점을 도려내고서 자리 잡은 그 눈빛
아픔의 경계까지 무너뜨린 미소가
침묵 속 적막 깊이 흔들림 움켜잡고
차 한 잔 흠향하면서 천 년 生 가다듬다

검정 고무신

삭아진 검정 고무신 몇 송이 꽃 붓끝에서

발가락 사이사이 들꽃이 피고지고

한달음 풀숲을 달려 피라미 숨는 검은 꽃신

풀의 뼈

뽑지 못한 풀 한 포기 해 넘겨 뽑으려니

낫 들고 허덕대다 괭이로 맞서본다

풀이라 얕보았더니 뼈를 꺾어 찌른다

빨래

세상 때
두드리던 방망이 내던지고

집집이
입방아 찧던 아낙들도 떠난 터

세탁기
저 혼자 돌아 혼절하는 옷가지

빨래터

마을 길로 흐르는
맑은 물살 올올이
헤진 꿈 텀벙텀벙
생각 없이 던진 것
겹겹이 땟국물 자리
빛바래는 무명옷

눈부신 하얀 몸매
한 올 한 올 되살아나
한순간 피어나는
손 멈춘 방망이질
겉껍질 입다문 채로
제 허물 벗고 있다

행주를 삶으며

하루치 분주함을 비벼 삶는 늦은 밤
꼭꼭 숨긴 역겨움 방울져 올라오고
올올이 찌들어 묵은 그 각질 벗고 있다

굳어진 생각 모아 불에 얹고 삶으면
해묵은 용서라도 깨끗이 지워 낼까
뽀얗게 다시 태어나 지금 여기 널고 있다

행주치마

어머니 눈물 조각 간 절임을 하는 풀기
혜진 곳 멍울까지 덧대어 잡은 주름
향기 밴 쪽문을 열어 한 땀 한 땀 깁습니다

배내옷을 지으며

외주름 세워 만나 홈질하는 첫 만남

모난 자리 공그르듯 휘감아 펼칠 세상

길고 긴 옷고름 달아 감침질로 명을 빈다

탯줄

병상에 누운 눈빛 함께 떨던 무명실
가닥가닥 흩어져서 뿌리내린 씨앗 뭉치
어머니 피 묻은 말씀 탯줄에 감겨있다

비단실

젖은 음 줄에 감겨 손 떨리는 당김 실

가야금 끊겼어도 마음까지 끊겼을까

음 이탈 손길 벗어나 처음 열린 세상이다

소금 향기

다소곳이 숨죽이는 배춧속 한 겹 한 겹
숨겨둔 성깔머리 양념으로 치대가며
순한 맛 간 맞추면서 아삭대는 바다 향기

찬밥

어둠을 갉아먹는

헐거워진 초침 소리

모시 상보 비집고

꺼내놓은 묵은지

밥술에

오독하니 앉아

허기를 덥석 문다

아침밥을 지으며

현미 박박 문질러 거친 때 벗겨내는
마음까지 정갈하게 씻고 또 씻어가며
뜸 들어 윤기 흐르는 온 정성을 차린다

날숨 生

사

다

리

칸칸마다

별빛 숨길 들어앉아

어깨 바람

넘나드는

갈비뼈 사이사이

숨소리

한가운데로 빛을 쏘는 生이다

천산설연天山雪蓮

산 꼭지 겨드랑 밑
흰 눈을 포개 덮고
제 몸에 열을 품어
설산을 뚫는다는
그 열정
하늘에 닿아
피워 놓은
영생
꽃

작품 해설

선禪으로 가는 느린 걸음

문무학(문학평론가)

오영환, 이름을 들으면 남자일 것 같은데 남자가 아닌 사람, 그는 누구인가? 시인詩人인가? 다인茶人인가? 그는 시인이면서 다인이고, 다인이면서 시인이며 남성의 이름을 가진 여성이다. 그는 시를 통해서, 차를 통해서, 일상에서 느린 걸음으로 선禪을 향해 가는 사람이다. 그에게는 시가 곧 차고, 차가 곧 시다. '시다일여詩茶一如'다. 시도 선을 향하고, 차도 선을 향하기 때문이다. 오영환에게서 시와 차의 구별은 그리 분명하지 않아도 좋을 것 같다. 그러나 오영환의 시를 선시禪詩로 규정하는 것은 아니다.

선시禪詩는 선 수행을 통한 깨달음의 경지를 짤막한 율문으로 나타낸 시를 말한다. 범불교적 종교시가 아닌 불교 선종禪宗의 사상과 철학 그리고 정신적 경지를 표현한 운문문학이다.

선종은 참선으로 자신의 본성을 구명하여 깨달음의 묘경妙境을 터득하고, 부처의 깨달음을 교설敎說외에 이심전심以心傳心으로 중생의 마음에 전하는 것을 종지宗旨로 하는 종파다.

본고에서 쓰는 선은 그런 종교적인 의미를 따르는 것이 아니라 '마음을 한곳에 모아 고요히 생각하는 일' 이라는 일반적 의미로 쓴다. 시조에서는 한용운의 「춘주春晝」가 선 시조에 속한다는 견해가 있다. "따슨 햇빛 등에 지고/ 유마경維摩經을 읽노라니/ 가벼웁게 나는 꽃이/ 글자를 가리운다/ 구태여 꽃 밑 글자를/ 읽어 무삼 하리오." 其二 "봄날이 고요키로/ 향을 피고 앉았더니/ 삽살개는 꿈을 꾸고/ 거미는 줄을 친다/ 어디서 꾹꾹이 소리/ 산을 넘어 오더라." (연시조가 아닌 단 수 2편) 와 같은 작품이다.

'선' 이란 음으로 읽히는 다른 낱말들도 선禪에 가까운 것이 많다. '선仙' 은 흔히 말하는 신선을 뜻하여, 도道를 닦아서 현실의 인간 세계를 떠나 자연과 벗하며 산다는 상상 속의 사람. 세속적인 상식에 구애되지 않고 고통이나 질병도 없으며 죽지 않는다고 하는 그 신선을 가리키기도 한다. 뿐만 아니라, '선 ' 은 올바르고 착하여 도덕적 기준에 맞음, 또는 그런 것을 뜻한다. 그러고 보면 '선' 이란 단어는 禪, 仙, 善, 모두, 그 어느 글자 하나 만만한 것이 없다.

오영환의 禪을 향한 걸음은 답답할 정도로 느리다. 천천히 아주 천천히 가고 있는 것이다. 오영환이 문단에 나온 것은 1999년. 그로부터 20년의 세월이 흘렀다. 네, 다섯 권의 시집을 냈으야 할 문력이지만 이제사 겨우 첫 시집을 상재하는 것을 보면 답답할 정도로 느리다는 말을 이해할 수 있을 것이다. 그러나 그 느림은 얼마나 아름다운가! 만일 그 반대, 느린 만큼 설쳐댔다면 어떨까를 생각해보면 이내 그 느린 걸음은 결코 폄하할 일이 아니란 걸 알게 된다.

오영환은 '선' 을 만나려 한다. 어느 선인가? 그 선은 글자로야 구별이 뚜렷하여 가려 쓸 필요가 있을지 모르지만 오영환 시인이 지향하는 선의 세계에서는 그리 명확한 구분을 해야 할 까닭이 있는 것도 아닐 것 같다. 그 어떤 선이든 일반적인 의미의 '마음을 모아 고요히 생각하는 일' 을 벗어나서 될 일은 없기 때문이다. 시도 생각이고 차도 생각이고, 선도 생각이니 그냥 생각의 한판이라고 보면 그 한판에 다 놀 수 있는 것이다.

생각에 생각을 모으기 20년, 차로 다듬고 시로 다듬은 일흔 편의 시, 그것은 시인 오영환, 다인 오영환의 20년 살이며 꿈이다.

오영환 시인은

누구는

시 쓰기를

가슴으로 한다지만

내 시는 물을 끓여 식히고 우려내어

차 한 잔 목구멍으로 넘기듯이 푸는 거다

-「서시」 전문

는 「서시」에서 이 시집에 실리는 시들이 어떻게 쓰여진 것인가를 분명히 밝히고 있다. 필자가 앞에서 언급한 '시다일여' 란 말도 이 시를 통해 나온 것이다. 이 서시 1편과 차茶 자체와 차기茶器에 관한 시 31편, 시를 통해 선에 이르는 비움과 지움에 관한 시 19편, 오영환이 여성임을 보여주는 일상의 시 19편이 『사질토 분청 찻잔』에 오롯이 담겨 독자 앞에 나타난 것이다. 20년 만에…….

사질토는 모래 성질을 가진 흙의 통칭으로 거친 흙을 가리킨다. 분청은 바탕 흙 위에 백토로 분을 바르고, 그 위에 푸른 잿빛 잿물을 바른 사기다. 찻잔은 차를 따라 마시는 잔이다. 이 제목에 쓰인 낱말의 뜻과 상징을 연결하면 이 시집에 어떤 내용이 담긴 것인지 짐작가고도 남는다. 사질토에서 결코 순탄하지 만은 않았을 삶의 길을 유추할 수 있고, 분청에서는 그것을 극복하려는 안간힘 쏟는 것을 느낄 수 있으며, 찻잔은 그런 삶을 담은 그릇이 되기 때문이다.

이런 찻잔에 담기는 '시' 를 살피는데 '선' 과 관련된 시를 먼저 올리지 않을 수 없다. 오영환은 '선' 이란 단어를 이 시집에 많이 묻고 있다. 제목에 '선' 이라는 글자가 들어간 것만도, 「명선차茗禪茶」, 「선」, 「선차」, 「차선」, 등이 있다. 아마도 차와 선을 연결할 수 있는 단어들이 다 쓰인 것 아닌가 싶다. 가장 직접적으로 들어낸 「선」을 들여다보자.

가랑비 흩뿌리듯 꽃비에 방울지는

한순간 너와 내가 다르지 않다는 것

빗방울

구슬 꿰면서

파고를 넘나들다

-「선」 전문

가랑비는 가랑가랑 내린다. 그래서 마치 사람이 물을 흩뿌리는 것 같기도 한 것인데 그렇게 오는 가랑비는 꽃비라고 부를 만하다. 그 꽃비에 방울지는 물방울, 그것을 그 어떤 수사로 표현하기 쉽지 않다. 그 순간을 오영환은 '너와 내가 다르지 않다는 것'으로 표현한다. 인간의 삶에서 너와 내가 다르지 않은 것을 생각하는, 혹은 깨닫는 것은 참으로 맑은 시간이다. 그 맑은 시간을 행복이라고 해도 좋다. 그 빗방울을 오래 생각하면서 삶의 긴장을 다스리는 것이다. 여기서의 '파고波高'는 '물결의 높이'라는 의미도 있지만 어떤 관계에서 긴장의 정도를 비유적으로 이르는 말이기도 한데 시인이 중의적으로 쓴 시어다.

이렇게 '선'이란 제목으로 직접 드러내 생각하는, 생각에 잠긴 모습을 보여주는데 '선'이라고 드러내지 않는 '차'를 노래한 시도 거의 대부분이 선적 내용을 담고 있다.

하얀빛 찻물 앞에

어리석은 모습으로

꾸밈없이 걸친 옷

어디라도 걸터앉아

그 누구 마음이라도

잔잔하게 풀어놓다

-「백차白茶」 전문

백차는 솜털이 덮인 차의 어린 싹을 따서 덖거나 비비기를 하지 않고 그대로 건조시켜 만든 차로서 차 잎은 은색의 광택을 낸다. 특별한 가공 과정을 거치지 않고 그대로 건조시키면서 약간의 발효만 일어나도록 하기 때문에 제조법이 매우 간단한 차다. 그러나 백차는 향기가 맑고 맛이 산뜻하다. 가공이 덜된 것이 아니라 가공하지 않은 차다. 찻잎은 광택이 나고, 차 맛은 맑고, 산뜻하다. '백차' 에서 '백白' 은 '희다' 는 의미가 먼저이지만, 밝다, 맑다, 깨끗하다, 의 의미도 있다. 그러니 '백차' 는 이름만 들어도 마음이 맑아진다.

시인 오영환이 수많은 차 중에서도 굳이 '백차' 에 마음을 푸는 뜻을 짐작할 수 있게 한다. 그것은 순수에 대한 집념이다. 백차는 가급적 사람 손 거치는 것을 피해 만든 차다. 차의 본질적인 맛을 살리자는 것이다. 이 시에서 시인도 '어리석은 모습으로' 차를 대한다. 그런데 그 어리석음은 모자라는 것이 아니라 삿된 것이 섞이지 않은 순수함이다. 꾸밈까지 없애고, 굳이 장소를 가리지 않으며, 또한 사람까지 가리지 않으며 마음을 풀어놓는 것이다. 하나든 둘이든 여럿이든 그런 마음으로 백차를 마시는 것, 그것을 선으로 가는 길이라고 하지 않을 수 있을까!

어머니는 눈물이다 어 · 머 · 니 부르기도 전
목구멍 가로막는 불덩이가 솟는다
피멍 든 새가슴 깊이 가두어 둔 봇물이다
어머니는 바닷속 출렁이는 탯줄이다
발 모은 합장 앞에 눈 감은 사랑이다
한말씀 따르지 못한 세상 너머 경전이다
어머니는 향기 밴 질그릇 찻잔이다
한 방울 남김없이 다 부어 준 빈 잔에
젖가슴 국수 밀듯이 사발젖 짜고 있다

-「어머니는 찻그릇이다」 전문

어머니는 세상의 모든 것이다. 어머니의 가슴은 그 자식들의 우주다. 차인으로 살아가며 시를 쓰는 오영환에게 차 그릇은 매우 소중한 것이 아닐 수 없다. 어머니만큼 소중한 것이다. 이렇게 '어머니를 찻그릇'이라고 드러낼 만큼, 그러나 자세히 읽으면 그것이 아니다. 차가 시이며, 또 시가 차인 오영환에게 있어 그것들이 선을 향해 가듯이 찻그릇은 어머니 같이 받들어야 할 그 무엇이 되는 것이다.

찻그릇과 어머니 사이에서 꿈틀거리는 '피멍', '탯줄', '사랑', '경전', '사발젖' 등의 언어들이 어머니의 삶을 그대로 드러낸다. 어머니의 삶은 모두 주어버리는 것이다. '한 방울 남김없이 다 부어 준 빈 잔'이 어머니의 삶이다. 그것도 모자라 사발젖을 짜는 것이 어머니의 마음이라는 이보다 더한 사랑이, 이보다 더한 경전이 그 어디에 있겠는가. 그 어머니를 생각하고 생각하며 눈물 흘리는 삶이 선으로 가는 또 하나의 길이다.

차를 통해 선으로 가는 오영환은 선으로 가는 또 하나의 통로를 갖고 있다. 그것은 시를 통한 길이다. 시를 통한 길은 '지움' 혹은 '비움'의 길을 택한다. 삶의 아픔을 지우고 비우는 것은 그야말로 오랜 시간 많은 사유를 거쳐야만 이를 수 있는 어떤 경지라고 말할 수 있다. 시인이 그 경지에 이르렀다고 말하기는 어렵지만 그 경지에 오르려고 차를 빚고, 차를 마시고, 시를 쓴다. 그런 시간과 공력이 쌓이면 불가능한 일도 또한 아닐 것이다. 그래서 그는 차를 만나고 싶어 하고, 시를 만나고 싶어 하는 것이다.

용서라는 걸음으로

한 자 한 자 지웁니다

나뭇잎 갉아 먹는

산 아래 햇살 비늘

상처 속 음각 사이로

붉은 빛 녹이 습니다

-「지움」 전문

살아가며 생각해보면 누구에게라도 후회스러운 일들이 있기 마련이다. 그런 일들이 떠오르면 모두 그것을 지워버리고 싶어진다. 그 지워버리고 싶음은 그 후회스런 일을 반복하지 않는 것으로 재생의 힘을 얻어야 한다. 그런 지움을 '용서'라고 부를 수 있다. 그러나 그런 용서는 단번에 완전하게 지울 수 있는 것이 아니다. 나뭇잎에 어른거리는 햇살처럼 그야말로 어른거리게 되는 것이다. 지우려 해도 잘 지워지지 않고 상처가 된다. 그 상처는 돋을새김의 양각이 아니라 오목새김의 음각이다. 그리하여 지워지는 것이 아니라 붉은 빛으로 녹이 스는 것이다. 그 녹스는 것을 바라보는 또는 생각하는 것, 그것이 시를 통해 선에 이르는 길이다.

'지움' 의 가까이에 '비움' 이 있다. 굳이 그것을 구분해야 한다면 지움이 이미 일어난 일에 대한 것이고, '비움' 은 지금이나 앞으로 닥칠 일에 대한 것이라고 볼 수 있다. '비운다' 라는 말이 우리 사회 전반에서 많이 쓰이고 있지만 그것이 실천되는 경우를 보기가 쉽지 않다. 그것이 인간이 쓰는 언어의 남용이다. 그렇다고 해서 비움을 포기할 것이 아니라 그래도 거듭거듭 비우려는 노력을 이어가는 것이 비움에 가까이 가는 길일 것이다.

빈 들을
돌고 있다
그것이 길이라고

빈 바구니
열고 있다
씨 뿌릴 것 없나 하고

빈 마음

가득 채우듯

헛삽질 거푸 뜬다

-「비움에 대하여·셋」 전문

오영환 시인은 비운다는 것에 대해 참 오래 생각했나 보다. 어떤 일을 하거나, 또 무엇을 꿈꾸는 것은 비우기 위한 것이 아니라 채우기 위한 것이다. 그러나 시인은 빈 들을 걸었고, 빈 바구니를 들고 있다. 빈 마음을 가득 채우려 헛삽질 거푸하고 있다. 비운다는 것에 대한 역설을 통해 스스로의 삶을 돌아보는 것이다. 결국은 채우려고 아무리 애써 봐도 인간의 욕심은 다 채울 수 없는 것이기에 비워야만 진정 채울 수 있음을 깨닫게 해준다. 지움과 비움의 길, 그것 또한 선으로 가는 걸음 아닌가!

현미 박박 문질러 거친 때 벗겨내는

마음까지 정갈하게 씻고 또 씻어가며

뜸 들어 윤기 흐르는 온 정성을 차린다

-「아침밥을 지으며」 전문

선으로 가는 길이 철학적인 사유를 통해서만 가능한 것이 아니라 인간의 참마음을 다하게 되면 그 길이 곧 선으로 가는 길이 될 것이다. '아침' 이란 말은 '마음' 에 연결되면 매우 신선하게 느껴진다. 이 작품은 오영환이 남자의 이름을 가진 여성이라는 사실을 분명히 드러낸다. 그것도 참 알뜰살뜰한, 가족들을 위해서 온 정성을 다해서 아침밥을 짓는 우리 모두의 어머니를 떠올리게 한다. 이런 정성으로 짓는 밥은 그냥 밥이 아니라 가족을 사랑하는 어머니의 정성이다.

그런 가정주부는 아침밥을 짓기도 하지만 저녁에는 행주를 삶는다.

하루치 분주함을 비벼 삶는 늦은 밤
꼭꼭 숨긴 역겨움 방울져 올라오고
올올이 찌들어 묵은 그 각질 벗고 있다

굳어진 생각 모아 불에 얹고 삶으면
해묵은 용서라도 깨끗이 지워 낼까
뽀얗게 다시 태어나 지금 여기 널고 있다

-「행주를 삶으며」 전문

삶은 늘 비루하다. 어머니들의 삶은 밤과 낮이 따로 없다. 시인이고 다인인 오영환도 어쩔 수 없이 가정주부로서, 어머니로서의 사명을 놓칠 순 없다. 늦은 저녁에 하루치의 분주함을 닦은 행주를 삶으면서도 그는 선으로 간다. 행주를 삶으면 역겨운 땟자국이 풀려 방울지고, 행주 올올이 찌들어 있는 때들도 우러난다. 그런 현상을 보고 있으면 '해묵은 용서' 뒤늦게 하는 용서도 깨끗하게 허물을 지워낼 수 있을까 생각한다. 그러면서 늦게라도 용서하는 것은 아름다운 일이고 깨끗한 일이 될 수 있다는 것을 깨닫는다.

오영환 시의 이쯤에 이르면 그가 시인이고 다인이고 여성임을 분명히 깨닫게 된다. 그러나 다른 듯한 그 세 갈래 길이 하나의 길임을 이 시집이 잘 보여주고 있다. 시로 가는 선, 차로 가는 선, 생활로 가는 선의 길이 따로 있지 않기 때문이다. 시로 생각하고, 차로 생각하고, 심지어 행주를 삶으면서도 생각하는 삶이 바로 선의 길인 것이다. 오영환이 시의 길에서 느릿느릿 스스로를 믿으며 차를 사랑하고, 밖으로 나돌면서 남의 항아리에서 물 한 잔을 구걸하는 것이 아니라 내면의 큰 바다와 교류하고 있는 것은 아름다운 일이다. 그 아름다운 일이 오래 이어지면 「천산설연

天山雪蓮」으로 피어날 것이다.

산 꼭지 겨드랑 밑

흰 눈을 포개 덮고

제 몸에 열을 품어

설산을 뚫는다는

그 열정

하늘에 닿아

피워놓은

영생

꽃